 - ISBN : 2-08-166079-2
Imprimé par Proost - Belgique, Turnhout - 02 - 1997
Flammarion et Cie, éditeur (N°6079)
Dépôt légal : Mars 1997
Loi n°49-956 du 16 juillet 1949 sur les publications destinées à la jeunesse

Cadet-Rousselle aux deux maisons

texte de Michel Piquemal
illustrations de Zaü

Père Castor
Flammarion

– Viens, mon Gronounours...
Viens sur mes genoux.
Dis-moi pourquoi Papa et Maman
ne se font plus de câlins
comme ils se faisaient avant,
plus de bisous doux,
plus de mots gentils,
plus de bises dans le cou.
Gronounours baisse les bras et ne répond pas.

– Sois gentil, Lapin Bleu,
explique-moi un peu
pourquoi Papa et Maman
se font maintenant les gros yeux,
pourquoi ils se crient dans les oreilles,
pourquoi ils se disputent tout le temps
pour des petits riens pas importants...
Lapin Bleu baisse les yeux et reste silencieux.

Papa et Maman m'ont répondu :
ils divorcent, ils ne s'aiment plus.
– Mon petit chou, m'a dit Papa,
je suis bien triste !

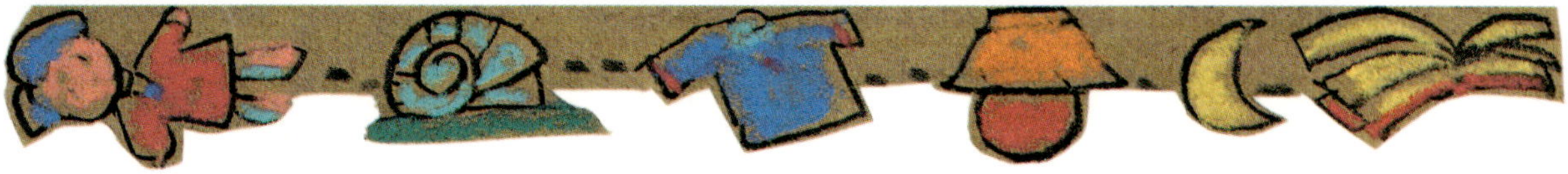

– Mon petit loup, m'a dit Maman,
je suis bien malheureuse !
Pour une fois, ils sont d'accord,
mais pas vraiment comme je voudrais.

Maman est restée à la maison
et Papa a fait ses bagages.

Il habite un appartement
tout au bout d'un grand ascenseur.

Sans Papa, la maison est un peu vide...

Mais sans Papa, j'ai ma maman rien que pour moi.
On joue à des jeux rigolos : les galipettes sur le dos
ou l'otarie apprivoisée avec un ballon sur le nez.

Le soir, on se couche plus tard...
et quelquefois c'est dans son lit
que je m'endors quand vient la nuit.

Le samedi, c'est jour de Papa.
Maman me fait toute belle ;
car elle se doute qu'à midi,
on mangera au restaurant.
C'est pas un as pour la cuisine,
à part pour beurrer mes tartines !

Pauvre Papa, il est perdu !
Sa maison, c'est un débarras,
un bric-à-brac cacafouilla...
Heureusement que je suis là
pour l'aider à ranger tout ça.

Quand c'est bien propre, ou à peu près,
on peut aller se promener.
C'est super ! Je l'ai tout à moi !
Il dit qu'il est mon chevalier
et qu'il fera ce qu'il me plaît.
Un vrai papa pour s'amuser.

Aujourd'hui, à la récré,
j'ai tout raconté aux amis :
les galipettes avec Maman
et les repas au restaurant avec Papa.
J'ai ajouté : j'ai deux maisons,
une pour la semaine,
et une pour le dimanche.
– Comme les riches ?
a demandé Mathieu.
Et j'ai répondu :
– Oui, monsieur !

Mais Jessica a rigolé car elle avait tout deviné.
– Je sais pourquoi tu as deux maisons.
Tes parents, ils sont divorcés.
Moi, mes parents le sont aussi.
J'ai deux maisons rien qu'à Paris,
sans compter celles de mes mamies.

Barnabé a pointé le nez.
– Moi, mes parents sont séparés...
et ceux de Simon, il paraît,
qu'ils viennent de se démarier .

Séparés, divorcés, démariés...
Pour les copains, comme pour moi,
ça fait le même résultat.
Il y a la maison de Maman
et puis la maison de Papa.

Alors on a décidé de former un club,
le CLUB DES CADET-ROUSSELLE
QUI ONT DEUX MAISONS.
Et devant le grand marronnier,
on a chanté notre chanson :
“Cadet-Rousselle aux deux maisons,
toujours nos parents aimerons... “

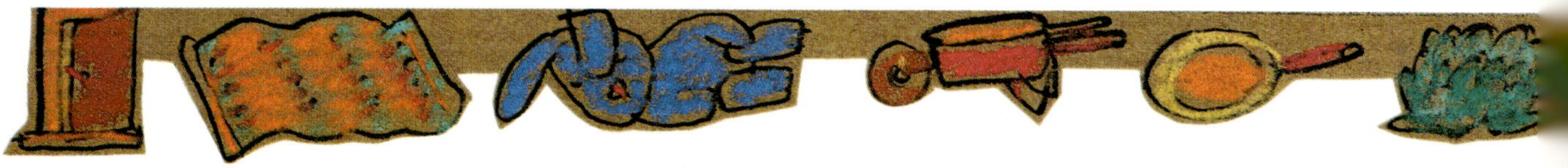

PRINTED IN BELGIUM BY
proost
INTERNATIONAL BOOK PRODUCTION